Tudur Budr

a fi!

I Sarah a Paul – dwi heb ddawnsio i
Culture Club er 1984! ~ D R

I'r Frosties ffantastig ~ A M

Cyhoeddwyd yn 2008 gan Stripes Publishing,
argraffnod Magi Publications, 1 The Coda Centre,
189 Munster Road, Llundain SW6 6AW

Teitl gwreiddiol – *Dirty Bertie: Yuck!*

Cyhoeddwyd yn Gymraeg yn 2009 gan
Wasg Gomer, Llandysul, Ceredigion SA44 4JL
www.gomer.co.uk

Adargraffwyd – 2013, 2015

ISBN 978 1 84851 040 1

ⓗ testun: Alan MacDonald, 2008 ©
ⓗ lluniau: David Roberts, 2008 ©
ⓗ testun Cymraeg: Gwenno Mair Davies, 2009 ©

Dymuna'r cyhoeddwyr gydnabod cymorth
Adrannau Cyngor Llyfrau Cymru.

Argraffwyd a rhwymwyd yng Nghymru gan
Wasg Gomer, Llandysul, Ceredigion SA44 4JL

Tudur Budr
Ych a fi!

DAVID ROBERTS · ALAN MACDONALD
Addasiad Gwenno Mair Davies

Gomer

Cynnwys

PENNOD 1

Taflodd Tudur ei fag a'i gôt ar lawr y cyntedd cyn hyrddio'i hun trwy ddrws y gegin. Roedd ei fam wrthi'n ysgrifennu llythyr.

'Mam! Wnei di byth ddyfalu beth dwi'n 'i wybod.'

'Helô, Tudur!' meddai Mam. 'Sut ddiwrnod gest ti yn yr ysgol heddiw?'

'O, yr un fath ag arfer,' meddai Tudur. 'Ond Mam, wnei di byth ddyfalu . . .'

Tudur Budr

'Na wnaf debyg,' meddai Mam, gan droi yn ôl at ei llythyr.

'Mae ffair yn dod i'r dref nos yfory!' bloeddiodd Tudur, wedi'i gynhyrfu'n lân. Roedd yn disgwyl i'w fam neidio ar ei thraed a rhedeg o amgylch yr ystafell yn gweiddi 'HWRÊÊÊÊÊ!' Ond y cwbl wnaeth hi oedd mwmian 'Mmm' a pharhau i ysgrifennu.

'Ffair fawr, Mam, gyda reidiau a gwobrau a phopeth!'

'Glywais i ti'r tro cyntaf.'

'Ga' i fynd? Nos yfory. Plîs Mam, ga' i?' Roedd Tudur yn neidio o un droed i'r llall, fel petai o angen mynd i'r lle chwech.

Cododd Mam ei phen. 'Na, Tudur. Dydw i ddim yn meddwl rywsut.'

Rhythodd Tudur yn gegagored arni. 'Ond . . . pam lai?'

'Gan fy mod i wedi dweud. Dwi'n dal yn

Tudur Budr

cofio beth ddigwyddodd pan es
i â ti i'r ffair y llynedd.'

Daeth atgofion y llynedd yn ôl
iddo. Oedd, roedd o wedi swnian a swnian
drwy'r nos ar ei fam am gael mynd ar y trên
sgrech – ac yna wedi sgrechian iddo gael
mynd oddi arno. Oedd, roedd o wedi disgyn
tin dros ben i mewn i'r pwll dŵr wrth geisio
achub ei afal taffi, ond gallai hynny fod wedi
digwydd i unrhyw un.

Tudur Budr

'Ond Mam!' ymbiliodd. 'Bydd fy ffrindiau i gyd yn mynd.'

'Tudur, dwi wedi dweud na, ac mae na yn golygu na.'

Roedd Dad yn yr ardd yn cribinio'r glaswellt.

'Dad!' gwaeddodd Tudur, gan ruthro tuag ato.

'Tudur, dwi newydd gribinio'r rhain at ei gilydd.'

'Be?'

Ochneidiodd Dad. 'Y pentwr yna o laswellt rwyt ti newydd sathru arno fo.'

'O, sori.' Edrychodd Tudur ar ei esgidiau. Sut

oedd o i fod i osgoi pentyrrau o laswellt pan oedd pobl yn eu gadael nhw o gwmpas y lle ym mhobman?

'Dad,' meddai. 'Fedri di fynd â fi i'r ffair nos yfory?'

'Na,' meddai Dad.

'Pam?'

'Mae gen i ymarfer côr.'

'Ond fedri di golli'r ymarfer am un noson?'

'Sori, Tudur. Gofyn i dy fam.'

'Dwi wedi gwneud hynny'n barod. Tydi hi ddim am fynd â fi chwaith.'

Tudur Budr

'Felly, dwyt ti ddim yn medru mynd.'

'Ond ... ond ... O!' Curodd Tudur ei draed wrth gerdded i ffwrdd, gan gario glaswellt drwy'r tŷ i gyd.

Doedd hyn ddim yn deg. Pam fod yn rhaid iddo gael rhieni mor gas a hunanol? Roedden nhw wastad yn ei lusgo i lefydd nad oedd arno eisiau mynd iddynt – at y deintydd neu allan am dro i'r wlad. Ond pan oedd hi'n dod at bethau pwysig – fel y ffair – roedden nhw wastad yn dweud 'Na'. Mae'n rhaid bod yna rywun fyddai'n fodlon mynd â fo?

Wrth gwrs! Nain! Doedd Nain byth yn rhy brysur i wneud pethau gyda Tudur.

PENNOD 2

DING DONG!

Agorodd Nain y drws.

'O, helô Tudur, tyrd i mewn. Roeddwn i
wrthi'n siarad amdanat ti!'

Roedd Nain yn gwylio'r teledu gyda'i
chymydog, Jini. Roedd Tudur wedi cyfarfod Jini
o'r blaen. Fel arfer, byddai'n gwneud ei orau
i'w hosgoi hi.

Tudur Budr

'Helô Tudur! Tyrd â sws fawr i dy Anti Jini.'
Crychodd Tudur ei wyneb wrth i Jini blannu
sws lawn minlliw ar ei foch. 'Wel,' meddai.
'On'd ydi o wedi tyfu!'

'Ydi wir,' meddai Nain. 'Mae o'n hogyn
mawr rŵan.'

'Fydd hi ddim yn hir nes bydd o'n galw
heibio efo'i gariad!'

Gwridodd Tudur at ei glustiau. *Cariad?*
Byddai'n well ganddo alw heibio efo'i
darantwla dof!

Tudur Budr

'Nain,' meddai. 'Ydach chi'n brysur nos fory?'

'Nos yfory? Na, dydw i ddim yn meddwl.'

'Meddwl o'n i, efallai y byddech chi'n hoffi mynd â fi i'r ffair.'

'Y ffair!' meddai Nain. 'Gogoniant, mae blynyddoedd maith wedi mynd heibio ers i mi fod mewn ffair!'

'Mi fydda i wrth fy modd yn mynd i'r ffair,' meddai Jini, gan helpu ei hun i damaid o gacen.

'Felly, fedrwch chi fynd â fi?' meddai Tudur. 'Nos yfory? Fedrwch chi?'

'Pam lai!' meddai Nain. 'Hwyrach yr hoffai Jini ddod hefo ni?'

'Am syniad da!' meddai Jini. 'Fe wnawn ni noson dda ohoni. Byddai hynny'n hwyl, yn byddai Tudur?'

'O . . . y, byddai,' meddai Tudur. Os câi o fynd i'r ffair byddai'n fodlon dioddef unrhyw beth – hyd yn oed Jini.

PENNOD 3

Cyrhaeddodd nos Sadwrn. Roedd y ffair wedi
ei goleuo fel coeden Nadolig. Llanwodd
Tudur ei ffroenau ag arogl melys candi-fflos.
Roedd y gerddoriaeth yn fyddarol ac yn
atseinio dros bob man. Gwichialai'r trên
sgrech. Sgrechiai'r bobl ar y rolyrcostyr. *Mae
hyn yn mynd i fod yn wych,* meddyliodd Tudur.

Tudur Budr

Dim rhieni cas i ddweud wrtho beth i'w wneud. Roedd o ar ben ei ddigon!

Gwthiodd y tri eu ffordd drwy'r dyrfa, gan edrych ar yr holl bethau oedd yno.

'Www,' meddai Jini, 'wn i ddim ble i ddechrau.'

Safodd Tudur yn stond. Ar un o'r stondinau roedd yna arwydd gyda llythrennau mawr coch yn dweud:

> **TEIMLO'N LWCUS? GWOBRAU I'W HENNILL!**

Goleuodd ei lygaid. Yng nghanol y llu o ddoliau diflas ac ambell oriawr blastig safai'r jar fwyaf o fferins a welodd erioed.

Roedd yn llawn dop o lolipops, taffi, fferins a siocled. Tybiai Tudur fod yna filoedd o bethau da ynddo – digon i bara am wythnos gyfan iddo!

Y cwbl oedd angen ei wneud oedd taflu cylch haearn fel ei fod yn glanio ar y jar.

Tudur Budr

'Nain, ga' i roi cynnig arni? Ga' i, plîs, ga' i?' ymbiliodd Tudur.

'Wrth gwrs, 'nghariad i.' Estynnodd Nain am ei phwrs a thalu'r dyn. Y peth gorau am Nain oedd na fyddai hi bron byth yn dweud 'Na'.

Anelodd Tudur yn ofalus. Disgynnodd y cylch cyntaf o flaen y jar. Trawodd yr ail gylch y dyn wrth y cownter yn ei ben. Trawodd y trydydd y jar o fferins gyda phlonc! cyn bownsio i ffwrdd.

'O, hen dro, Tudur!' meddai Jini.

'Gad i mi roi cynnig arni.'

Tudur Budr

Rhoddodd Nain a Jini gynnig ar y gêm.
Enillodd Jini wobr – ond nid y jar o fferins yr
oedd Tudur wedi gobeithio ei chael. Yn lle
hynny, enillodd ddau bâr o Gyrn Gwirion.
Gwisgodd Jini un pâr ohonynt. Roedden
nhw'n siglo yn ôl ac ymlaen yn wyllt ar ei
phen, gan fflachio'n goch ac yn wyrdd.

'Triwch chi nhw, Dot,' chwarddodd. 'Dwi'n
siŵr y byddan nhw'n edrych yn dda arnoch
chi!'

Gwisgodd Nain y pâr arall ac edrychodd y
ddwy ar ei gilydd, gan rowlio chwerthin.

'Beth wyt ti'n 'i feddwl, Tudur?'
gofynnodd y ddwy, gan sefyll
o'i flaen fraich ym mraich.

'Ym, grêt,' meddai
Tudur. 'Ond
dydych chi
ddim yn
meddwl eich

bod chi ychydig bach, 'dach chi'n gwybod, yn hen i'w gwisgo nhw?'

'O edrychwch! Mae o'n gwrido!' chwarddodd Jini. 'Ydan ni'n codi cywilydd arnat ti, Tudur?'

Dilynodd Tudur ei Nain a Jini, gan lusgo'i draed wrth wylio eu Cyrn Gwirion yn bownsio i fyny ac i lawr fel io-ios. Nid dyma beth oedd ganddo mewn golwg o gwbl.

A dweud y gwir, roedd o'n dechrau amau y gallai heno droi i fod yn un o nosweithiau

Tudur Budr

gwaethaf ei fywyd. Roedd o fel petai'n gorfod dilyn dwy nain arallfydol o Blaned Boncyrs drwy'r nos. Beth os byddai rhywun o'i ddosbarth yn ei weld o? Fyddai o byth yn cael clywed ei diwedd hi.

Yn sydyn, stopiodd yn ei unfan. Gwelodd fachgen gwelw â gwên hunanfoddhaus yn dringo oddi ar y ceffylau bach, gyda balŵn yn ei law. Ei elyn pennaf, Dyfan-Gwybod-y-Cyfan, oedd o.

Edrychodd Tudur o'i amgylch mewn penbleth. Fedrai o ddim cael ei weld yng nghwmni dwy nain wallgof oedd yn gwisgo goleuadau disgo. Roedd yn rhaid iddo ddianc!

Yn sydyn, cydiodd ym mraich Nain a'i harwain i'r cyfeiriad arall.

Tudur Budr

'I ble rwyt ti'n mynd â ni rŵan?' holodd Jini, gan frysio ar eu holau.

'Edrychwch, ceir clec!' pwyntiodd Nain. 'Fi sy'n dreifio! Fi ddywedodd yn gyntaf!'

Prynodd Nain dri thocyn gan y ddynes yn y caban.

'Ga' i fynd ar fy mhen fy hun?' gofynnodd Tudur yn daer.

'Paid â bod yn wirion,' atebodd Nain. 'Dydi o ddim yn hwyl ar dy ben dy hun.'

Cafodd Tudur ei lusgo gan Nain at gar clec coch a gwasgodd y tri ohonynt i mewn iddo. Gallai weld pobl yn pwyntio atynt ac yn chwerthin. Llithrodd i lawr yn ei sedd, gan wneud ei orau i guddio.

Dechreuodd y gerddoriaeth chwarae a rhoddodd Nain ei throed i lawr yn galed ar y sbardun. Neidiodd y car bach yn ei flaen.

Tudur Budr

Tudur Budr

CLEC! Aethant yn syth i mewn i gar melyn oedd o'u blaenau.

BANG! Wrth droi i'r chwith, trawsant yn erbyn car arian.

'Ha ha! Dyna ni wedi eich cael chi!' gwaeddodd Nain. Trodd y llyw yn galed nes iddynt droi yn eu hunfan, ac yna sgrialu i ffwrdd unwaith eto.

''Dach chi'n mynd y ffordd anghywir!' bloeddiodd Tudur, gan bwyntio i gyfeiriad y ceir oedd yn dod tuag atynt fel haid o wenyn.

'Nonsens!' meddai Nain. 'Nhw sy'n mynd y ffordd anghywir.'

CLEC! CRASH! BANG!

Trawodd hanner dwsin o geir bach clec yn erbyn ei gilydd cyn stopio'n stond.

Dechreuodd bawb ffraeo wrth i'r gyrwyr geisio bacio'n eu holau, a tharo i mewn i'w gilydd unwaith yn rhagor. Daeth un o'r gweithwyr tuag atynt a cheisio tawelu pawb.

Tudur Budr

Yn y cyfamser roedd Tudur wedi sylwi ar
fachgen oedd yn dal balŵn ac yn sefyll wrth
ochr ei dad. Suddodd yn ddyfnach i'w gadair.
Dyfan-Gwybod-y-Cyfan oedd yno.

'Tudur!' meddai Nain. 'Beth wyt ti'n 'i
wneud i lawr yn fan'na?'

PENNOD 4

Cymerodd Tudur lond cegaid o'i gi poeth a
cheisio meddwl. Roedd yn rhaid iddo ddianc
oddi wrth y neiniau rywsut cyn iddynt ddod
ar draws Dyfan eto. Aethant heibio i reid o'r
enw 'Y Peltiwr Peryglus'. Gwelodd arwydd
mawr gyda llythrennau bras yn dweud:

RHYBUDD!

DYDI'R REID YMA DDIM YN ADDAS O
BLANT O DAN 7 OED, NA PHOBL DROS
70 OED, NA NEINIAU NERFUS!

Tudur Budr

Mwya sydyn, cafodd Tudur syniad penigamp. Y cwbl oedd angen iddo'i wneud oedd dewis y reid fwyaf dychrynllyd yn y ffair. Roedd pawb yn gwybod fod yn gas gan neiniau reidiau dychrynllyd. Byddai'n well ganddyn nhw bicio am baned bach tawel a gadael i Tudur fwynhau ei hun.

'Beth nesaf 'ta, Tudur?' holodd Nain.

'Hwn!' atebodd Tudur gan bwyntio.

'Gogoniant!' meddai Nain. 'Y Peltiwr Peryglus?'

Tudur Budr

Edrychodd Jini i fyny tuag at y twr anferthol. 'Fetia i na fyddech chi'n meiddio mynd ar hwn, Dot,' meddai.

Disgleiriodd llygaid Nain. 'Fetia *i* na fyddech *chi*'n meiddio mynd arno fo,' meddai hithau.

Syllodd Tudur arnynt. 'Ond . . . efallai y bydd arnoch chi ofn,' meddai.

'Wrth gwrs y bydd arnom ni ofn,' chwarddodd Nain.

'Mae'n siwr y bydda i'n sgrechian nerth esgyrn fy mhen yr holl ffordd,' meddai Jini dan biffian chwerthin.

'A finnau,' meddai Nain. 'Ond bydd Tudur yno i ddal fy llaw i.'

Eisteddodd Tudur yn y sedd wag rhwng Nain a Jini. Cliciodd y bar diogelwch i'w le.

Rhuodd, chwythodd a bytheiriodd y peiriant fel draig. Dechreuodd y tri godi'n araf i'r awyr. Yn uwch ac yn uwch. Ceisiodd Tudur ei orau i beidio ag edrych i lawr.

Tudur Budr

'Dydi hwn ddim mor ddrwg â hynny,'
meddai Tudur.

CLINC! CLANC! WWWWSH! Saethodd
eu seddi i lawr tuag at y ddaear ar gyflymder
o filiwn o filltiroedd yr awr.

Sgrechiodd Nain. Gwaeddodd Jini.
Gafaelodd Tudur yn dynn am ei fywyd.

Tudur Budr

I FYNY â nhw fel mellten. Yna I LAWR.

I FYNY. I LAWR. I LAWR. I FYNY. I LAWR.

Gafaelodd Tudur am ei stumog.

O'r diwedd daeth y reid i stop a chododd
y bar.

'Waw! Roedd o'n anhygoel' bloeddiodd Jini
wrth iddynt gamu oddi arno.

'Dwi'n teimlo'n benysgafn,' ebychodd Nain.
'Wyt ti'n iawn, Tudur? Rwyt ti'n edrych braidd
yn welw.'

'YYYYYYYCH!' cwynodd Tudur.

Ymunodd y tri â chiw wrth un o'r cabanau
bwyd. Erbyn iddynt gyrraedd blaen y rhes
roedd Tudur yn teimlo'n well o lawer. Roedd
o'n cael trafferth dewis rhwng y candi-fflos,
yr afal taffi neu'r ddiod swigod – ac felly
dewisodd y tri.

Roedd hi'n goblyn o drafferth ceisio dal

Tudur Budr

popeth ar unwaith. Ceisiodd roi'r candi-fflos yn ei boced er mwyn bwyta'r afal taffi, ond aeth o'n sownd yn ei drowsus. Wrth geisio'i dynnu'n rhydd, rywsut fe ddisgynnodd i'r llawr.

'Ych! Mae o'n fudr, Tudur. Fedri di ddim bwyta hwnna!' meddai Nain.

'Pam?' meddai Tudur. 'Dim ond ychydig bach o laswellt sydd arno fo.' Pigodd forgrugyn oddi arno cyn cymryd cegaid fawr o'r stwff pinc. 'Chi isho chygig?' gofynnodd.

'Ym, na dim diolch, bwyta di o,' meddai Nain.

Tudur Budr

Wrth droi rownd y gornel, arhosodd Tudur yn ei unfan. Roedd Dyfan-Gwybod-y-Cyfan newydd gyrraedd gwaelod y Dwmbwr Dambar. Edrychodd Tudur o'i amgylch yn frysiog er mwyn ceisio dod o hyd i rywle i guddio. Unrhyw funud rŵan byddai Dyfan yn eu gweld ac yn dod draw atyn nhw.

Dowciodd o dan far ac ymuno â chiw ar gyfer reid arall.

'Gogoniant!' meddai Nain. 'Wyt ti'n siŵr?'

'Beth?' meddai Tudur, gan edrych i fyny. Llyncodd ei boer. Wedi eu peintio ar arwydd mawr roedd y geiriau:

Paradwys y Benglog
ROLYRCOSTYR CYFLYMA'R BYD

Doedd Tudur erioed wedi bod ar rolyrcostyr o'r blaen. A dweud y gwir, doedd o ddim yn siŵr a oedd o eisiau mynd ar un chwaith. Ond roedd hi'n rhy hwyr oherwydd

Tudur Budr

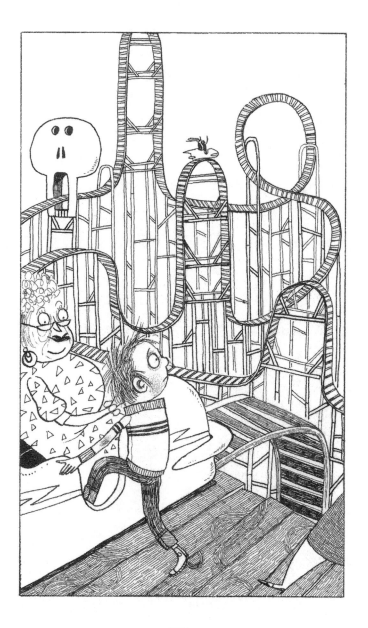

Tudur Budr

roedden nhw wedi cyrraedd y blaen a Nain wrthi'n talu am y tocynnau.

CLIC-CLAC – CLAC-CLIC – CLIC-CLAC!

Cydiodd Tudur yn dynn yn y bar diogelwch wrth i'r cerbyd ddringo i fyny'r cledrau serth. Roedd bod ar rolyrcostyr yn fwy brawychus na wynebu Miss Jones ar fore dydd Llun. Cymerodd gipolwg i lawr. Roedd ei fol yn corddi.

Efallai nad oedd bwyta'r holl gandi-fflos yna'n syniad da iawn. Roedd o'n teimlo'n sâl.

Tudur Budr

Roedd o'n teimlo'n benysgafn. Roedd o eisiau mynd oddi arno, a chael ei draed yn ôl yn saff ar y ddaear.

Cyrhaeddodd y cerbyd y copa, a rhythodd Tudur yn gegagored ar y dibyn o'i flaen.

AAAAAAAAAAAA!

Cawsant eu hyrddio i gyfeiriad y ddaear ar gyflymder goleuni. Roedd o'n mynd i farw. Roedd pawb yn mynd i farw.

'Wîîî,' gwaeddodd Nain a Jini. 'Mae hyn yn hwyl!'

Pum munud brawychus yn ddiweddarach, arafodd y cerbyd i stop. Igam-ogamodd Tudur allan o'r cerbyd. Roedd ei wallt yn sefyll yn syth ar ei ben fel pigau draenog. Roedd ei goesau fel jeli. Roedd ei wyneb yn wyrdd.

Tudur Budr

'Helô, Tudur!' Clywodd lais yn ei watwar. 'Wnest ti fwynhau'r reid?'

Roedd Dyfan-Gwybod-y-Cyfan yn aros wrth y giât ac yn gafael mewn rhywbeth mawr a disglair.

'Edrycha beth enillais i wrth daflu cylch haearn!' ymffrostiodd Dyfan.

Syllodd Tudur ar y jar anferthol o fferins a oedd yn llawn dop o lolipops, taffi, fferins a siocled. Trodd ei stumog. Roedd o am fod yn . . .

BLYYYYYYYY!

PENNOD 1

'On'd wyt ti'n edrych yn smart!' gwenodd
Mam. 'Tyrd i weld dy hun yn y drych.'

Llusgodd Tudur ei draed wrth fynd i'r
cyntedd a gwgu o weld ei adlewyrchiad.
Gwisgai wisg morwr. Roedd hi'n Ddiwrnod
Hanes Fictoraidd yn yr ysgol, ac roedd disgwyl
i bawb wisgo i fyny. Roedd Mam wedi dod o
hyd i'r wisg morwr mewn siop elusen.

Tudur Budr

Doedd Tudur erioed wedi gweld rhywbeth mor hurt yn ei fywyd. Roedd y trowsus gwyn yn chwifio uwchben ei fferau. Roedd gan y crys goler mawr gwirion. Roedd gan yr het bom-pom simsan glas golau.

'Dyna ni! Beth wyt ti'n 'i feddwl?' holodd Mam.

Tynnodd Tudur wyneb. 'Dwi'n edrych fel hogan,' meddai.

'Tudur, dyma beth oedd bechgyn yn arfer ei wisgo'r dyddiau hynny. Dwi'n meddwl dy fod ti'n edrych yn smart iawn.'

'Ga' i wisgo fel môr-leidr? Mae gen i glwt llygad a phob dim.'

'Diwrnod Fictoraidd ydi o,' ochneidiodd Mam. 'Doedd môr-ladron ddim yn bodoli bryd hynny.'

'Dyn lludw 'ta?' meddai Tudur.

'Na!'

'Lleidr? Fetia i fod yna ladron yr adeg honno.'

'Tudur,' meddai Mam. 'Fe es i i drafferth mawr i ddod o hyd i'r wisg yma i ti ac felly mae'n rhaid i ti ei gwisgo hi. Rŵan brysia i gael dy hun yn barod.'

Curodd Tudur ei draed wrth fynd i fyny'r grisiau i chwilio am ei esgidiau. *Dydi hyn ddim yn deg,* meddyliodd. Pam fod rhieni wastad yn penderfynu beth mae plant yn ei wisgo? Doedd o byth yn dweud wrthyn nhw beth i'w wisgo!

Tudur Budr

Yn ei ystafell wely, syllodd Tudur yn drist ar ei adlewyrchiad yn nrych y cwpwrdd. Byddai gan ei ffrindiau i gyd wisgoedd gwell na fo. Roedd Dona yn mynd i wisgo fel morwyn flodau, ac Eifion yn mynd i wisgo fel bwtler. Roedd Darren wedi dweud ei fod o'n dod i'r ysgol wedi ei wisgo fel glanhäwr simneiau, ac roedd Tudur yn difaru na fyddai o wedi meddwl am hynny ei hun. Y cwbl oedd ganddo *fo* oedd siwt morwr gyda choler gwirion a phom-pom hurt. Petai o'n cael gwared ar y coler, efallai na fyddai'r crys yn edrych mor ddrwg?

RHHHWYG!

Tudur Budr

O na – roedd hi'n edrych yn debyg ei fod
o wedi ei rwygo. Rŵan roedd y coler yn
hongian yn rhydd ar un ochr. Byddai ei fam yn
cael ffit binc petai hi'n ei weld o. Tynnodd ar
yr ochr arall er mwyn gwneud i'r ddwy ochr
edrych yr un fath.

RHHHWYG!

O diar!
Roedd hynny
wedi gwneud
pethau'n waeth
fyth. Roedd y
coler wedi dod

yn rhydd ond roedd rhwyg mawr yn y crys.
Rŵan roedd o'n edrych fel hen gardotyn blêr.

Rhythodd Tudur yn syn. Am syniad gwych!
Gallai fynd i'r ysgol wedi ei wisgo fel cardotyn!
Roedd yna filiynau o gardotwyr yn yr oes
Fictoraidd. Roedd hi bron yn amhosibl cerdded
i lawr y stryd heb faglu dros un ohonyn nhw.

Tudur Budr

A fyddai dim rhaid iddo hyd yn oed newid ei
wisg. Y cwbl oedd ei angen oedd ychydig o
newidiadau yma ac acw. Rŵan, lle roedd Mam
yn cadw'r siswrn?

'Tudur!' galwodd Mam. 'Beth ar wyneb
y ddaear wyt ti'n 'i wneud i fyny fan'na?
Mi fyddi di'n hwyr!'

'Dwi'n dod!' meddai
Tudur.
Brasgamodd i
lawr y grisiau gan
lanio yn y
cyntedd. Syllodd
Mam arno gan
fethu credu'r hyn
a welai. 'Tudur!
Beth wyt ti wedi
ei wneud?'

Tudur Budr

'Dyma fy ngwisg i!' meddai Tudur. 'Cardotyn ydw i.'

Roedd Tudur yn dal i wisgo ei wisg morwr, neu hynny oedd ar ôl ohoni. Roedd y llewys yn garpiau blêr. Edrychai'r trowsus gwyn fel petai gafr lwglyd wedi ymosod arno. (Roedd Tudur wedi mynd dros ben llestri braidd gyda'r siswrn.) Safai Tudur yn droednoeth a gwisgai hen het flêr ar ei ben.

Pwysodd Mam yn drwm yn erbyn y drws ffrynt. 'Sut wnaeth hyn ddigwydd?' griddfanodd.

'Fi wnaeth o,' gwenodd Tudur.

'Mi fedra i weld hynny. Rwyt ti wedi difetha dy wisg yn llwyr!'

Cododd Tudur ei ysgwyddau. 'Dydi cardotwyr ddim yn gwisgo gwisg morwr,' meddai. 'Mae'n rhaid iddynt edrych yn dlawd. Os byddai pob cardotyn yn mynd o gwmpas

Tudur Budr

y lle mewn gwisg morwr, fyddai neb yn rhoi
pres iddyn nhw.'

Llygadodd Mam o'n ofalus.

'Beth sydd gennyt ti ar dy wyneb?'

'Baw,' meddai Tudur.

'Na, y smotiau coch yna. Rwyt ti'n edrych
fel petai gennyt ti'r frech goch.'

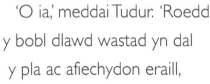

'O ia,' meddai Tudur. 'Roedd
y bobl dlawd wastad yn dal
y pla ac afiechydon eraill,

Tudur Budr

mi ddysgais i hynny yn yr ysgol. Paid â phoeni, dim ond pin ffelt ydi o, mae o'n siŵr o olchi i ffwrdd.'

Rhoddodd Mam ei dwylo dros ei llygaid.

'Tudur, plîs! Fedri di ddim mynd i'r ysgol yn edrych fel'na.'

'Pam?' gofynnodd Tudur. 'Dywedodd Miss Jones wrtha i am wisgo fel rhywun o'r oes Fictoraidd, a dyna beth ydw i am ei wneud. Dwi am fynd fel cardotyn i'r ysgol.'

'Ond rwyt ti'n edrych fel bwgan brain.'

'Dyna sut mae cardotwyr yn edrych,' meddai Tudur. 'Ddywedodd neb fod angen i ni edrych yn smart.'

Edrychodd Mam ar ei horiawr. Roedden nhw'n hwyr yn barod.

PENNOD 2

Diwrnod digon siomedig oedd y Diwrnod
Fictoraidd yn y diwedd. Roedd Tudur wedi
gobeithio y byddent yn chwarae gêmau
Fictoraidd neu'n cael blasu ychydig o fferins
Fictoraidd, ond roedd gan Miss Jones syniadau
gwahanol iawn. Er mwyn cael gwir flas o'r
cyfnod, roedd Miss Jones wedi dod â chansen
i'r ysgol. Roedd hi wedi gwneud iddyn nhw

Tudur Budr

eistedd mewn rhesi yn ymarfer eu llawysgrifen mewn tawelwch.

Os oedd unrhyw un yn cael ei ddal yn siarad, yn chwerthin neu'n torri gwynt, roedd yn rhaid iddynt fynd i sefyll yn y gornel. Treuliodd Tudur y rhan fwyaf o'r diwrnod yn y gornel.

Tudur Budr

Ar ôl ysgol daeth Mam i'w nôl o, ac fe aethon nhw i'r archfarchnad. Roedd Tudur wrth ei fodd yn helpu ei fam i siopa. Os oedd o'n gallu gwthio'r troli heb daro i mewn i unrhyw un, byddai Mam yn gadael iddo gael cacen siocled yn y caffi. Ond heddiw roedd Chwiffiwr gyda nhw.

'Mae'n ddrwg gen i,' meddai Mam. 'Bydd yn rhaid iddo aros allan yn fan'ma.'

'Pam?' gofynnodd Tudur.

Pwyntiodd Mam i gyfeiriad arwydd wrth y drws a oedd yn dweud 'DIM CŴN' mewn llythrennau mawr coch.

Cwynodd Chwiffiwr. Edrychai ar Tudur gan ysgwyd ei gynffon.

'Mi arhosa i hefo fo,' meddai Tudur. 'Mi fydd o'n teimlo'n unig iawn ar ei ben ei hun.'

Tudur Budr

'O'r gorau,' meddai Mam. 'Ond paid â chrwydro. A Tudur . . .'

'Beth?'

'Tynna'r hen het afiach 'na, wnei di plîs?'

Tynnodd Tudur ei het ac eistedd i lawr wrth ymyl Chwiffiwr. Gorffwysodd Chwiffiwr ei ben ar arffed Tudur a chau ei lygaid.

Cerddodd siopwyr heibio ac edrych i lawr ar y bachgen carpiog, budr a'i gi, a eisteddai ar y palmant. Twt-twtiodd rhai'n dawel i'w hunain wrth i eraill ysgwyd eu pennau ac edrych arno'n dosturiol. Wnaeth Tudur ddim sylwi bod pobl yn syllu – roedd o'n rhy brysur o lawer yn chwilio am chwain yng nghôt Chwiffiwr.

Yna, plygodd dynes drosodd wrth eu hymyl, gan wenu a gollwng darn pum deg ceiniog yn ei het.

Tudur Budr

Edrychodd Tudur arni mewn syndod. Doedd pobl ddim yn tueddu i roi arian iddo fo. Yn enwedig pobl ddiarth. Oedden nhw'n meddwl ei fod o'n gardotyn neu rywbeth?

Edrychodd ar ei ddillad carpiog a'i esgidiau budron. Wrth gwrs, roedd o'n dal i wisgo ei ddillad cardotyn! Mae'n rhaid bod y ddynes

Tudur Budr

yn meddwl bod ei het o ar y llawr er mwyn casglu arian! Roedd Tudur wrth ei fodd. *Mae hyn yn ffantastig!* meddyliodd. *Fetia i nad ydi Eifion yn cael ei gamgymryd am fwtler go iawn!*

Fedrai o ddim aros i gael dweud wrth ei ffrindiau am hyn yn yr ysgol yfory! Roedd ei wisg o hyd yn oed yn well nag yr oedd o'n 'i feddwl.

Arbrofodd Tudur drwy dynnu wyneb trist, ac aros felly nes bod rhywun arall yn cerdded heibio.

Fe wnaeth hynny weithio. Rhoddodd y person nesaf oedd yn pasio, sef dyn mewn côt smart, ugain ceiniog yn yr het. Roedd pum deg a dau ddeg yn gwneud ym ... saith deg ceiniog! Ac yntau heb fod yno'n hir o gwbl. Gallai fod yn gyfoethog iawn fel hyn – a'r cwbl oedd angen iddo'i wneud oedd eistedd ar y palmant yn edrych yn drist.

PENNOD 3

Am y chwarter awr nesaf, arbrofodd Tudur â
wynebau gwahanol wrth i'r siopwyr gerdded
heibio. Dysgodd yn gyflym nad oedd gwenu
yn dda i ddim. Roedd hi'n well o lawer i
edrych fel petai eich pry genwair anwes
newydd farw. Brysiodd rhai siopwyr heibio
heb dalu sylw o gwbl, ond stopiodd sawl un i
cyfrannu arian iddo, a het Tudur yn prysur
lenwi â cheiniogau disglair.

Tudur Budr

Tudur Budr

Roedd o ar fin cyfri ei enillion pan safodd dynes o'i flaen o. Gwisgai gôt a het ffwr frown.

'O, blentyn annwyl,' twt-twtiodd. 'Ble mae dy fam?'

'O, dydi hi ddim yma,' baglodd Tudur dros ei eiriau, gan dynnu wyneb trist.

'Beth? Mae hi wedi dy adael di ar dy ben dy hun? Ydi hi am ddod yn ei hôl?'

'Wel . . . ydi, gobeithio,' meddai Tudur, gan edrych i gyfeiriad yr archfarchnad.

Tudur Budr

'Mae'n siŵr gen i y bydd hi'n ei hôl mewn munud.' (Roedd o'n gobeithio y byddai hi'n ei hôl *sawl* munud yn hwyrach.)

'Ac ydi hi'n gwybod dy fod ti'n – cardota?' gofynnodd y ddynes.

'O ydi, mae'n iawn, dydi hi ddim yn hidio am hynny,' meddai Tudur. 'Mae hi eisiau i mi wneud hyn.'

'Nefoedd yr adar!' meddai'r ddynes fel petai hi'n methu credu'r hyn a glywai. 'Wyt ti'n trio dweud ei bod hi'n dy orfodi di i wneud hyn?'

'O na, dydi hi ddim yn fy ngorfodi i, ond os nad ydw i'n gwneud hyn, chawn ni ddim swper,' meddai Tudur, 'achos mae fy nheulu i'n dlawd iawn, iawn. Fel llygod eglwys. Glanhäwr simneiau ydi Dad,' ychwanegodd er mwyn ceisio esbonio ei hun.

Plygodd y ddynes yn nes ato. Syllodd ar y smotiau hyll ar wyneb Tudur.

Tudur Budr

'Druan ohonot, fachgen. Ers pryd rwyt ti wedi bod yn byw fel hyn? Dwyt ti ddim yn edrych yn iach o bell ffordd!' mwmialodd.

'Dwi'n iawn, wir,' meddai Tudur. 'Mae'n siŵr mai wedi dal y pla neu rywbeth ydw i.'

Cymerodd y ddynes gam sydyn yn ei hôl. 'Aros di lle rwyt ti,' meddai. 'Aros fan hyn tra 'mod i'n mynd i nôl rhywun.'

Arhosodd Tudur i'r ddynes fynd i mewn i'r archfarchnad. Tybiai y byddai'n well iddo ddiflannu cyn iddi hi ddod yn ei hôl. Byddai pwy bynnag roedd hi am ei nôl yn siŵr o'i arwain i drwbl. Cydiodd yn ei lond het o geiniogau. Ond, ar yr union adeg honno, daeth y ddynes i'r golwg o'r tu ôl i ddrws tân ar y chwith. Y tu ôl iddi hi, mewn iwnifform frown, roedd y dyn diogelwch a arferai sefyll wrth ddrws y siop.

Roedd y ddau yn brasgamu tuag ato â golwg benderfynol ar eu hwynebau. Gwnaeth

Tudur Budr

Tudur y peth cyntaf a ddaeth i'w feddwl o –
rhedeg. Tynnodd ei het am ei ben a rhuthro
i'r archfarchnad, gyda Chwiffiwr yn dynn wrth
ei sodlau.

'Hei!' galwodd dyn y drws. 'Tyrd yn d'ôl!'

PENNOD 4

Edrychodd Tudur o'i gwmpas, gan chwilio'n wyllt am rywle i guddio. Roedd pobl yn syllu ar ei ddillad carpiog ac yn twt-twtian o weld Chwiffiwr. Yn ei banig, roedd Tudur wedi anghofio popeth am y ffaith nad oedd cŵn yn cael dod i mewn i'r archfarchnad. Wrth iddo dindroi fel hyn, daeth dyn y drws i'r golwg a'i weld. 'Hei!' galwodd.

Tudur Budr

Gan gydio yn y troli agosaf, cododd Tudur Chwiffiwr a'i sodro yn y fasged. Yna,
i ffwrdd â fo ar gyflymder mawr, gan wthio'r troli o'i flaen.

'Hei! Ti! Arhosa! Tyrd yn d'ôl!' bloeddiodd dyn y drws, gan redeg ar ei ôl.

Wnaeth Tudur ddim aros i esbonio. Rasiodd heibio'r ffrwythau, gan wasgaru siopwyr syn er mwyn creu llwybr i'w hun. 'Sori! Sori! Methu stopio!' medda a'i wynt yn ei ddwrn.

Camodd dynes, a oedd yn cario pinafal, o'i flaen a rhewi.

Ar yr eiliad olaf, gwyrodd Tudur heibio iddi a sglefrio heibio'r cownter caws. Wrth edrych dros ei ysgwyddau'n sydyn, gallai weld dyn y drws yn rhedeg ar ei ôl dan duchan. Aeth ar wib i lawr eil arall gan fethu twr o bapur tŷ bach o drwch blewyn. Roedd Chwiffiwr yn sefyll yn y troli, yn cyfarth dros y lle.

Tudur Budr

Edrychodd yn ei flaen mewn pryd i weld troli wedi ei pharcio ar draws ei lwybr, yn ei rwystro rhag mynd yn ei flaen. Roedd ei pherchennog wrthi'n ymestyn i ben y silff am focs o wyau. Disgynnodd ei cheg ar agor o weld Tudur yn rhuthro i'w chyfeiriad. Mam oedd hi.

Ceisiodd Tudur frecio'n sydyn, ond doedd

hi ddim yn edrych yn debyg fod y troli'n gallu brecio.

CRASH!

Hedfanodd Chwiffiwr drwy'r awyr a glanio ym mreichiau Mam. Hedfanodd siopa Mam i bob man hefyd. Disgynnodd dwsin o wyau i'r llawr gyda chrac, ac yna peint o lefrith a chawod o greision ŷd.

Tudur Budr

'Tudur!' gwaeddodd Mam. 'Beth ar wyneb y ddaear . . .'

Roedd Tudur ar fin egluro pan ddaliodd dyn y drws i fyny gyda nhw. Safai yno'n ceisio cael ei wynt ato, ac yna fe ddaeth y ddynes yn y gôt ffwr i'r golwg, yn ogystal â chriw bach o bobl fusneslyd a oedd yn awyddus i gael gwybod beth oedd yn mynd ymlaen. Eisteddai Mam mewn pwll o lefrith, gan syllu ar Tudur.

'Ydi hwn yn fab i chi?' Mynnodd dyn y drws gael gwybod y gwir.

Tudur Budr

'Ydi, mae arna i ofn,' meddai Mam, gan gochi. 'Fe dalwn ni am unrhyw ddifrod.'

'Peidiwch chi â phoeni am hynny,' meddai dyn y drws. 'Mae yna gyfraith yn erbyn beth mae o'n ei wneud.'

'Does gennych chi ddim cywilydd?' torrodd y ddynes yn y gôt ffwr ar draws dyn y drws.

'Fi?' meddai Mam.

'Gyrru plentyn yr oed yma allan ar y strydoedd i gardota,' meddai'r ddynes. 'Mae gen i flys eich riportio chi!'

'Mae'n ddrwg gen i, does gen i ddim syniad am beth yr ydych chi'n siarad,' meddai Mam.

'Cardota!' meddai'r ddynes.

'Cardota?' meddai Mam. Edrychodd ar Tudur. 'O, dwi'n gweld! Mae arna i ofn eich bod chi wedi gwneud camgymeriad. Mae o wedi gwisgo fel hyn ar gyfer diwrnod arbennig yr ysgol. Doedd o ddim yn cardota mewn gwirionedd, nag oeddet ti, Tudur?'

Tudur Budr

Roedd yna ddistawrwydd anghyfforddus wrth i bawb droi i edrych ar Tudur.

Tynnodd ei het, yn y gobaith y byddai pobl yn fwy tosturiol tuag ato.

Disgynnodd cawod o geiniogau ohoni a tharo'r llawr gan rowlio i bob cyfeiriad.

'Ym,' meddai Tudur. 'Mi fedra i egluro ...'

RHEGI!

PENNOD 1

Rhoddodd Mam y ffôn yn ôl yn ei grud. 'Chwarae teg,' meddai. 'Mae Seimon a Siân wedi ein gwahodd ni i gyd i aros hefo nhw y penwythnos nesaf.'

Ochneidiodd Dad. Gwnaeth Siwsi geg gam. Rhewodd Tudur â llwyaid o rawnfwyd soeglyd ar ei ffordd i'w geg.

Tudur Budr

'Pwy ydi Seimon a Siân?' gofynnodd.

'Rwyt ti'n cofio Seimon a Siân,' meddai Mam. 'Fe ddaethon nhw yma i'n gweld ni yn ystod gwyliau'r Pasg – gyda'u babi bach Sali.'

Disgynnodd y grawnfwyd o lwy Tudur a glanio'n un sblat ar y bwrdd.

'Nhw?' meddai.

'Ia, nhw – a phaid â sychu hwnna hefo dy lawes Tudur, os gweli di'n dda.'

'Ond fydd dim rhaid i mi fynd, yn na fydd?'

'Wel wrth gwrs, Tudur. Mae pawb wedi cael gwahoddiad. Ac mae Seimon a Siân yn ffrindiau i ni.'

Tudur Budr

'Dydyn nhw ddim yn ffrindiau i mi,' meddai Tudur.

'Wel mae Siân yn ffrind dda i mi, dwi'n ei hadnabod hi ers pan oeddem ni yn yr ysgol,' meddai Mam. 'A ph'run bynnag, os ydi pobl yn dy wahodd di i fynd yno i aros, mae'n ddigywilydd gwrthod eu gwahoddiad.'

'Mi fydd o'n ddiflas. Fydd yna ddim byd i mi i'w wneud yno!' cwynodd Tudur.

'Wrth gwrs y bydd yna bethau i ti i'w gwneud, Tudur. Fe gei di chwarae gyda Sali. Mae hi'n dy hoffi di – ti'n cofio?'

Doedd Tudur ddim yn debygol o anghofio. Merch fach Seimon a Siân oedd Sali – babi tew hefo llond pen o gyrls euraid. Roedd hi wedi dilyn Tudur fel cysgod drwy'r dydd, ac wedi crio bob tro roedd o'n gadael yr ystafell.

Tudur Budr

Roedd hi wedi eistedd ar ei linie a thynnu ei wallt. Roedd hi wedi stwffio ei bys i'w lygad o, ac roedd eisiau rhoi sws iddo.

Cododd Siwsi ei phen o'i gwaith cartref.

'Mam, ti'n cofio 'mod i'n mynd i aros hefo Nia'r penwythnos nesaf? Ry'n ni'n cael mynd i farchogaeth.

'Mi wn i,' meddai Mam. 'Felly dim ond y tri ohonom ni fydd yn mynd.'

Gwenodd chwaer Tudur arno, gan dynnu ei thafod allan ar yr un pryd.

Fedrai Tudur ddim coelio'r peth. 'Dydi hyn ddim yn DEG! Pam nad ydi hi'n gorfod mynd, ond bod yn rhaid i mi fynd?'

'Gan fod Siwsi'n brysur. Mae'r trefniadau wedi eu gwneud ers wythnosau.'

'Rydw i'n brysur hefyd!'

'Na, dwyt ti ddim, Tudur.'

'Efallai fy mod i. Efallai fy mod i'n gwneud rhywbeth pwysig.'

Tudur Budr

'Fel beth?'

'Wel, fel . . .' Edrychodd Tudur o'i amgylch am ysbrydoliaeth. 'Fel . . . aros yma i warchod Chwiffiwr. Mae'n rhaid i rywun wneud hynny.'

'Fe alla i wneud hynny,' cynigiodd Dad.

'Fi feddyliodd am y peth yn gyntaf!' meddai Tudur.

'Fe wnaiff Nain edrych ar ôl Chwiffiwr,' meddai Mam. 'Rydym ni am dreulio'r penwythnos hefo Seimon a Siân. A Tudur, dwi'n disgwyl i ti ymddwyn ar dy orau yno.'

Disgynnodd Tudur am yn ôl i'w gadair. Penwythnos cyfan gyda Seimon Sopi, Siân Sych a Sali'r babi. Gollyngodd ei lwy i'w fowlen a'i gwylio'n suddo o dan y môr o slwtsh brown.

PENNOD 2

DING DONG! Agorodd Seimon a Siân y
drws yn llydan agored. 'Dewch i mewn!'
gwaeddodd y ddau ar unwaith. Roedd Sali
ym mreichiau Siân. 'Edrych, Sali,' meddai
mewn llais babi. 'Pwy ydi hwn sydd wedi dod i
dy weld di? Pwy ydi hwn?'

'Bi bi! Da da da!' meddai Sali, gan estyn ei
breichiau bach tew.

Tudur Budr

'Ia wir, Tudur ydi o! Hogan fach glyfar!' nodiodd Siân ei phen dan wenu. 'Dangos di i Tudur beth fedri di ei wneud!'

Rhoddodd Siân Sali i lawr ar y llawr yn ofalus. Y tro diwethaf i Tudur ei gweld hi roedd hi'n cropian i bob man ar ei phedwar. Rŵan roedd hi'n siglo cerdded yn araf ar hyd y cyntedd drwy ddefnyddio ei choesau bach crwn, gan droi ei phen bob hyn a hyn i wneud yn siŵr fod pawb yn ei gwylio.

'Cerdded? Waw! On'd wyt ti'n hogan fach glyfar, Sali?' meddai Mam gan guro'i dwylo.

Tudur Budr

'On'd ydi o'n wych!' meddai Siân, yn wên o glust i glust.

'Anhygoel!' cytunodd Seimon.

Pwniodd Mam Dad yn ei asennau'n ysgafn.

'O ydi, grêt,' meddai Dad. 'Ers pryd mae hi'n gallu ... cerdded?'

'Tair wythnos, dau ddiwrnod,' atebodd Seimon. 'Ro'n i yn y gegin y diwrnod y digwyddodd o. Roedd Sali'n eistedd yn fan'na, wrth yr oergell, yn chwarae gyda'i briciau. Y peth nesaf wyddwn i, roedd hi wedi llwyddo i godi ei hun ac yn dechrau cerdded. On'd oeddet ti, cyw bach? Oeddet wir, hogan glyfar!'

Daliodd Tudur lygad Dad. Oedden nhw'n mynd i orfod gwrando ar y siarad babi yma am y penwythnos cyfan? Yr holl ffws yma am gerdded ychydig gamau! Roedd Tudur yn cerdded milltiroedd i'r ysgol ac yn ôl bob dydd a doedd neb yn sôn gair am hynny!

Tudur Budr

Camodd Sali'n simsan i'r lolfa, gan ddod yn ei hôl yn dal tedi bach glas yn ei breichiau. Cynigiodd y tedi i Tudur, a'i stwffio i fyny ei drwyn, bron.

'Bi bi!' meddai. 'Da da da!'

'O, 'nghariad bach i! Mae hi eisiau i ti gael y tedi!' meddai Siân.

'Tudur yn cael y tedi? Tudur yn edrych ar ei ôl?' gofynnodd Seimon.

Cymerodd Tudur y tedi. Roedd un glust wedi ei chnoi a'i wyneb yn wlyb ac yn dripian o boer.

Tudur Budr

'Dyweda diolch, Tudur,' anogodd Mam.

'O ia. Diolch,' meddai Tudur, gan ddal y tedi mor bell i ffwrdd â phosibl. Camodd Sali ato a gafael yn dynn am ei ganol.

'O, edrych!' meddai Mam. 'Mae hi'n dy hoffi di, Tudur.'

Gwyrodd Sali ei phen a chau ei gwefusau'n dynn. Roedd ei thrwyn hi'n rhedeg.

'Sali eisiau sws? Sws i Tudur?' meddai Siân.

Doedd dim dianc. Plygodd Tudur i lawr a gadael i Sali blannu sws fawr wlyb ar ei wefusau. Roedd hyn yn waeth na chael ei lyfu gan Chwiffiwr. Chwarddodd Sali. Roedd hi eisiau ei wneud o eto. Ac eto. Ac eto.

Roedd y penwythnos am fod yn un hir iawn.

Wrth i'r rhieni yfed coffi, llusgodd Sali Tudur i'r ystafell chwarae. Treuliodd awr yn adeiladu tyrau o'r blociau er mwyn iddi hi eu bwrw i lawr.

Tudur Budr

Am bump o'r gloch ymgasglodd pawb o
amgylch y bwrdd bwyd i wylio Sali'n cael ei
swper. Roedd Siân yn ei bwydo gyda llwyaid
ar ôl llwyaid o stwff stwnshlyd lliw snot.
Doedd Tudur ddim yn gweld bai ar Sali am
boeri'r rhan fwyaf ohono allan o'i cheg.

'Mae hi'n trio mor galed,' meddai Siân. 'Mae
Seimon a finnau'n meddwl y bydd hi'n
dechrau siarad yn fuan iawn rŵan, on'd ydym,
cariad?'

'Ydym, cariad,' meddai Seimon, a gwên
lydan ar ei wyneb.

''Rargian,' meddai Mam. 'Wnaeth Tudur
ddim dechrau siarad nes yr oedd o bron yn
ddwy. Faint ydi oed Sali rŵan?'

'Pedwar mis ar ddeg,' meddai Siân.

Tudur Budr

'Mae hi'n ifanc iawn, ond mae hi mor glyfar. Dyweda "Mam", Sali. Mam, mam, mam.'

'Bi bi!' gwaeddodd Sali, gan guro'i llwy. Roedd ganddi stwff gwyrdd dros ei hwyneb, a lwmp ohono yn ei gwallt hyd yn oed. Prin y gallai Tudur edrych arni. Ac roedd ei rieni'n meddwl ei fod o'n fudr!

Tudur Budr

'Mae ffrind bach Sali, Cari, newydd ddechrau siarad,' byrlymodd Siân. 'Rydym ni'n ei gweld hi yng Ngrŵp Canu'r Bobl Bach bob dydd Gwener. Wedi dweud hynny, mae hi dair wythnos yn hŷn na Sali, ond ddim hanner mor glyfar, yn nac ydi hi, cyw bach?'

Dylyfodd Tudur ei ên yn swnllyd. 'Pryd ydan ni'n cael swper?' gofynnodd.

Edrychodd ei fam arno. 'Tudur, beth am i ti chwilio am rywbeth i'w wneud?'

'Fel beth?' holodd Tudur.

'Tynnu llun neu liwio, neu rywbeth.'

'Does gen i ddim byd i'w liwio. Ga i wylio'r teledu?'

'A beth bynnag,' rhefrodd Siân yn ei blaen. 'Mae Seimon a finnau wedi bod yn

Tudur Budr

ceisio dyfalu beth fydd ei gair cyntaf hi. Mae
Seimon yn meddwl mai "Dad" fydd o. Ond
rydw i'n gwybod mai "Mam" fydd o, yntê, Sali?
Mam, mam, mam.'

'Efallai mai "Pw" fydd o,' meddai Tudur yn
gwbl annisgwyl.

'Sori?' meddai Siân mewn llais gwan.

'Pw,' meddai Tudur eto. 'Sôn oeddwn i am
ei gair cyntaf hi — efallai mai "Pw" fydd o.'

'Tudur!' meddai Mam.

'Be? Dim ond dweud
ydw i! Wedi'r cwbl, mae
babis yn gwneud
pw-pw drwy'r amser.'

Rhoddodd Siân ei
dwylo dros glustiau Sali.

'Tudur,' meddai. 'Pam
nad ei di drws nesaf i weld a
oes yna rywbeth o werth ar y teledu?'

PENNOD 3

Treuliodd Tudur y noson yn ystafell Sali.
Roedd ei chrud wedi cael ei symud drws
nesaf i ystafell wely ei rhieni, i wneud lle i
Tudur. Cysgodd ar wely gwynt gyda golau nos
y Gwningen ar y cwrpwrdd wrth ei ymyl.
Roedd ystafell Sali wedi ei pheintio'n binc,
gyda llythrennau'r wyddor wedi eu gosod yn
daclus ar hyd canol y waliau. Hongiai rhyw

Tudur Budr

addurn â defaid bach gwlanog arno wrth y to. Cododd Tudur o'r gwely. Wrth weindio'r addurn roedd o'n tincial canu fersiwn o 'Fferm D'ewyrth Ifan' wrth i'r defaid gwlanog fynd rownd a rownd, gan neidio i fyny ac i lawr yn raddol. Safodd Tudur ar gadair i'w weindio, er mwyn gweld a allai wneud i'r defaid fynd rownd yn gynt. Gwichiodd y drws yn agored.

'BI BI!' gwaeddodd llais y tu ôl iddo.

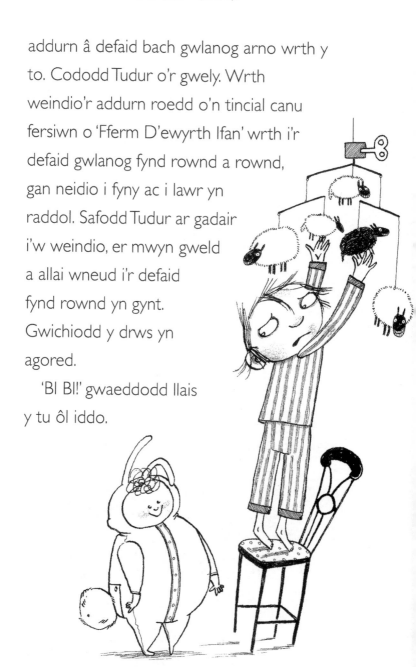

Tudur Budr

Cafodd Tudur gymaint o fraw nes iddo gymryd cam gwag am yn ôl a stryffaglu wrth geisio gafael yn y defaid. Am eiliad, roedd ei droed yn hofran yn yr awyr, ac yna disgynnodd yn ei ôl gan dynnu'r defaid oedd yn glymau i gyd y tu ôl iddo yn un pentwr blêr.

'DAMIA!' meddai'n uchel.

Plygodd Sali drosto. Roedd hi'n gwisgo ei gwisg gysgu cwningen binc.

'DAMIA!' meddai hithau.

Syllodd Tudur arni yn llawn dychryn.

Tudur Budr

'Beth . . . ?'

'Damia! Damia, damia, damia, damia . . . !'
canodd Sali, gan guro ei thraed bach ar lawr.
Rhoddodd Tudur ei law dros ei cheg er mwyn
ceisio ei stopio.

'Shhh!' sibrydodd. 'Sali ddrwg. Rhaid i ti
beidio â dweud "Damia".'

Tynnodd ei law oddi ar ei cheg.

'Damia,' ailadroddodd Sali, gan wasgu trwyn
Tudur gyda'i bys a chwerthin.

Tudur Budr

Aeth Tudur at y drws a'i wthio ar gau. Petai unrhyw un yn dod i mewn, mi fyddai o mewn dŵr poeth iawn. Ceisiodd feddwl yn sydyn. Mae'n rhaid bod babis bach yn copïo popeth oedd yn cael ei ddweud, felly mwy na thebyg y gallai ddysgu Sali i ddweud rhywbeth arall. Plygodd o'i blaen ac edrych arni'n ddifrifol.

'Sali,' meddai. 'Dyweda "Tudur". "Tudur". Dyweda "Tudur", Sali.'

'Damia,' meddai Sali.

'Na! Dim damia, iawn? Edrych, beth ydi hwn, Sali? Beth ydi hwn?'

Chwifiodd y belen o ddefaid a oedd yn glymau i gyd o'i blaen. "Dafad", Sali. "Dafad".'

Cydiodd Sali yn y defaid a'u taflu ar y llawr. 'Damia!' chwarddodd.

Syllodd Tudur arni. Roedd hyn yn hunllef. Petai Seimon a Siân yn dod i wybod mai rheg oedd gair cyntaf eu merch nhw, bydden nhw'n cael ffit binc. Bydden nhw'n siŵr

Tudur Budr

o lewygu. Byddai Mam yn mynd yn bananas –
a fo fyddai'n cael y bai, doedd dim amheuaeth
am hynny. Waeth iddo heb â cheisio egluro
iddynt mai damwain oedd y cwbl. Doedd
rhieni byth yn credu eu plant. Fe fydden
nhw'n siŵr o stopio rhoi arian poced iddo am
fis. Neu am flwyddyn. Neu efallai am weddill
ei oes.

Edrychodd o amgylch yr ystafell mewn
anobaith llwyr cyn cydio mewn ci tedi.

Tudur Budr

'Edrych, Sali, ci! Pa sŵn mae ci'n ei wneud? Wwff! Wwff!'

Gafaelodd ym mhawen y ci, a gwneud iddo ei chosi o dan ei gên.

'BI BI!' meddai Sali, gan gydio yn y ci bach a rhoi sws ar ei drwyn.

'Ia!' nodiodd Tudur. 'Da iawn ti! Bi bi! Bi bi!' Roedd popeth yn mynd i fod yn iawn. Doedd babis ddim yn cofio pethau am amser hir iawn. Roedden nhw'n dweud gair ac yna, funud yn ddiweddarach, yn ei anghofio.

Cerddodd Sali tuag at y drws. Roedd o ar gau. Pwyntiodd ato am ei bod yn amlwg eisiau mynd o'r ystafell.

'DAMIA!'

PENNOD 4

Roedd Tudur wedi ymlâdd. Treuliodd y bore
cyfan yn chwarae gyda Sali. Roedd o wedi
chwarae gyda'i fferm fach. Roedd o wedi
chwarae "pi-po" y tu ôl i'r soffa. Roedd o
wedi gwylio *Ffrindiau Ffair Ffi-ffi* filiwn o
weithiau. Roedd Siân wedi dweud ei fod o'n
angel. Ond y gwir amdani oedd, doedd o
ddim am fentro gadael Sali o'i olwg rhag ofn

Tudur Budr

iddi ddweud y gair ofnadwy hwnnw nad oedd hi i fod i'w ddweud.

Ar ôl cinio, awgrymodd Seimon y dylai pawb fynd â Sali i'r parc. Roedd Tudur yn falch o gael gadael y tŷ. Fedrai o ddim dioddef llawer mwy o hyn. Petai o ond yn gallu cadw Sali'n brysur am y prynhawn, gallai fynd adref heb i neb fod fawr callach.

Eisteddodd Sali ar siglen i blant bach, a gwrthododd adael i unrhyw un heblaw am Tudur i'w gwthio.

Safai Mam, Dad, Seimon a Siân yno'n gwylio.

Rhedodd merch fach mewn côt goch heibio ac eistedd ar y siglen drws nesaf i Sali.

'Edrych Sali, mae Cari yma,' meddai Siân.

Pwyntiodd Cari tuag at Sali. 'Sali!' meddai. 'Sali!'

Tudur Budr

Gwenodd mam Cari gyda balchder. 'Cari glyfar! Dy ffrind di Sali ydi hi, yntê?'

Gwthiodd Cari ar y siglen. 'Mae hi'n dysgu cymaint o eiriau rŵan,' meddai wrth Siân. 'Does yna ddim stop arni hi. Echdoe mi edrychodd arna i a dweud "Bisged" yn hollol glir.'

'Anhygoel,' meddai Siân.

'Dwi'n gwybod, a phob dydd mae ganddi air newydd. Beth am Sali? Ydi hi'n siarad eto?'

Tudur Budr

Ochneidiodd Siân. 'Dim ond geiriau babi hyd yn hyn,' meddai. 'Ond does yna ddim brys. Dyma ei ffrind hi, Tudur, gyda llaw. Mae o wedi ymddwyn fel angel bach gyda Sali. Dydi o ddim wedi stopio chwarae gyda hi drwy'r dydd.'

Doedd Tudur ddim wedi bod yn talu sylw. Roedd siglen Sali wedi arafu i stop, bron. Bownsiodd hithau i fyny ac i lawr yn rhwystredig yn ei sedd.

'DAMIA!' gwaeddodd.

'Sori, cariad?' meddai Siân.

'Damia!' meddai Sali. 'Damia, damia, DAMIA!'

Tudur Budr

'O diar!' meddai mam Cari, gan geisio peidio â chwerthin.

'Damia!' gwaeddodd Sali.

'Damia!' gwaeddodd Cari, gan ymuno yn yr hwyl.

'Na, cariad, dydyn ni ddim yn dweud hynny,' meddai mam Cari. '"O diar" rydym ni'n ei ddweud.'

Trodd at Siân. 'Wir! Roeddwn i'n meddwl dy fod ti wedi dweud nad oedd hi'n gallu siarad!'

Tudur Budr

'Doedd hi ddim,' meddai Siân gan gochi. 'Tydi hi erioed wedi dweud y gair yna o'r blaen. Does gen i ddim syniad ble y gallai hi fod wedi ei ddysgu o.'

'Na finnau,' meddai Seimon.

Edrychodd Mam ar Tudur yn flin. 'O, dwi'n siŵr y galla i ddyfalu,' meddai.

Tybiodd Tudur y byddai'n syniad da iddo sleifio i ffwrdd.

'Ym, wnewch chi f'esgusodi i am funud?' meddai'n gwrtais. 'Dwi angen gwneud pw-pw.'